北岳诗库

孔令剑
— 主编 —

北张的孤独

SUN WEI
WORKS

孙伟 ———————— 著

山西出版传媒集团　北岳文艺出版社

·太原·

图书在版编目（CIP）数据

北张的孤独 / 孙伟著. —太原：北岳文艺出版社, 2018.7
（北岳诗库 / 孔令剑主编）
ISBN 978-7-5378-5570-9

Ⅰ. ①北… Ⅱ. ①孙… Ⅲ. ①诗集－中国－当代
Ⅳ. ①I227

中国版本图书馆CIP数据核字（2018）第003989号

书　　名：北张的孤独
著　　者：孙　伟
策　　划：续小强
责任编辑：高海霞
书籍设计：张永文
印装监制：巩　璠

出版发行：山西出版传媒集团·北岳文艺出版社
地　　址：山西省太原市并州南路57号
邮　　编：030012
电　　话：0351-5628696（发行部）
　　　　　0351-5628688（总编室）
传　　真：0351-5628680
网　　址：http://www.bywy.com
E - mail：bywycbs@163.com
经　销　商：新华书店
印刷装订：山西万佳印业有限公司

开　　本：890mm×1240mm　1/32
字　　数：150千字
印　　张：6.875
版　　次：2018年7月第1版
印　　次：2021年1月山西第2次印刷
书　　号：ISBN 978-7-5378-5570-9
定　　价：38.00元

本书版权为本社独家所有，未经本社同意不得转载、摘编或复制

策划人语

"诗歌出版"是北岳文艺出版社的重要传统。前有"黑皮诗丛",后有"天星诗库",皆为中国当代诗歌杰出诗人之重要出发地。更有"外国名诗珍藏",如今依然为广大诗歌爱好者所珍赏。

"北岳诗库"赓续如此光荣传统,其目光聚焦山西诗歌这一繁盛沃土,其旨在于不间断展示山西诗歌创作实绩,更瞩望为山西诗人造一清静小园。

"北岳诗库",是我们探求共建共享出版模式的开端。大风吹宇宙,红日照高山。祈愿"北岳诗库",如恒山一般,巍然耸立。

续小强

2018 年 2 月 2 日

自　序

这本诗集是我二十年来写诗的一个全记录。

第一次接触现代诗是1998年，我刚刚开始读高中一年级。受同学影响，开始阅读顾城、舒婷、北岛、江河等朦胧派诗人的作品，那时尤其喜欢顾城，喜欢他朴实的情感和剔透的词句，觉得毫无杂物，非常纯净。

转折发生在1999年。我偶然在学校的图书馆读到海子的作品，随即一发不可收拾——自此爱上了原始的、疯狂的、自命不凡的、来自亚洲大地并且被烈火锻打过的、农业文明和史诗共同孕育的海子式诗歌。这不单是我自己诗歌写作的审美倾向发生变化，更是一场自我认知的完全觉醒。海子抒情诗所表现出的对人类生存的高度关怀，其所有情感都根植在一边丰收、一边荒凉的土地上，这对当时的我是很震撼的。这种阅读开始促使我思考人的终极问题。但诗歌并不会对此做出解释，就像海子说"诗歌是一场烈火"，或者庞德讲"诗歌是人类种族的触角"，它的主要作用是启示。

2002年上大学以后，我和几个高年级哲学系、法学院、文学院的学生们混在一起，组成山西大学自由·远征学社，常年租住聚居在周边的村庄"北张"。在北张村的几年里，我们探讨哲学，批判现实，读书写作，印制报刊，放映电影，排演话剧，组建乐队……我们努力去做一个较为边缘、特立独行的"文艺青年"或者"知识分子"所应该做的事情。然而，在小小的群体之外，我们又感到是分外孤独的，也可能正因为孤独，又加剧了与周遭的格格不入。于是人生就如此循环往复，曲折着前进，直到今天。这也就是诗集名字《北张的孤独》的由来，我认为它主要是体现了人生的一种抗争性，就是我们无论身处何时何处，均不应屈服于所谓命运，哪怕抗争的结果是荒诞，哪怕早早就识破了那荒诞。

曼德尔施塔姆在他的诗中写到，"我冻得直哆嗦——我想缄默无言！但黄金在天空舞蹈，命令我歌唱。"

这正是我写诗的最好诠释，亦是鞭策。我坚信，禁锢的心灵，写不出诗歌。

以此为序。

目 录

第一辑 （1999-2002）

旗　　／ 3
梦　　／ 4
燃烧的麦地　／ 5
夜里，我看见了彩虹　／ 7
安息吧，神　／ 9
眺望　／ 10
妹妹　／ 12
对比　／ 16
我们这群人　／ 17
江　／ 19
绿草如茵　／ 20
无题　／ 21
分红　／ 22
祭奠村庄　／ 24
参　／ 26

第二辑 （2002-2011）

黑夜　　　/ 29
爱情　　　/ 36
在孙明亮的小屋　　　/ 37
暗曲　　　/ 38
七石　　　/ 39
马戏团　　　/ 40
月亮上的红色堂味　　　/ 42
抹大拉的马利亚　　　/ 43
青春和流火　　　/ 44
记叙的快感　　　/ 45
上帝不希望你是一块饼干　　　/ 47
兰夜　　　/ 48
在孙明亮的小屋Ⅱ　　　/ 49
友谊　　　/ 50
悲伤的小夜曲　　　/ 51
北张的孤独　　　/ 52
羊群和我　　　/ 54
模仿中学诗人的习作　　　/ 56
无所顾忌的依赖　　　/ 57
十一月的罗拉　　　/ 59
平遥，平遥，谁的城　　　/ 61
十二月，在路上　　　/ 62
草原，谁拥抱你　　　/ 63

冬至，你睡眠无用　　/ 64

零玖，零玖　　/ 65

消融，一把电工刀　　/ 66

小年，小年　　/ 67

三月，三月　　/ 68

故乡人　　/ 69

爱情　　/ 70

风从太平洋吹来　　/ 71

黄昏中我嘲笑荒诞夸张的我　　/ 73

远行　　/ 74

黎明　　/ 75

谁的平遥　　/ 77

光阴叫我沉睡　　/ 79

第一首情诗　　/ 81

叶子离水很深　　/ 83

我陷入沉思　　/ 84

水中观望黎明　　/ 85

我所理解的巴黎　　/ 86

第三辑　（2013–2017）

给海子，同时也是给三十岁的我　　/ 91

冬至　　/ 93

在深夜，我怀念你　　/ 95

一场暴雨在凌晨没有如约而至　　/ 96

三月　　/ 98

爱情诗习作　/ 100

暴雨　/ 101

闪电　/ 102

回应一场泗渡　/ 106

冬天的马　/ 107

小武　/ 108

深夜写作　/ 110

语言奔跑　/ 112

未完待续　/ 113

冬至　/ 115

有一张面目可憎的脸　/ 116

平安夜　/ 118

冬　/ 119

想起西藏　/ 120

尘埃　/ 121

过年　/ 123

我在迷茫的夜色中穿越火焰　/ 124

昨日重现　/ 125

旅途　/ 126

除夕　/ 127

活在自己的渴望之中　/ 128

一月　/ 129

废墟的北张　/ 130

北张的离别　/ 131

立春之前　/ 133

希望　/ 134

活在这凋敝的人间　／ 135

北方的盐　／ 136

我和你　／ 137

一场过往烟云的表达　／ 138

孤独　／ 139

在桥下突然想起当年　／ 140

三月　／ 142

什么是诗人　／ 144

盘古　／ 145

在潮湿的南方　／ 146

远方有我的寂静　／ 147

假设　／ 148

变革　／ 149

一位青年偶像的忌日　／ 150

命运　／ 151

我的城市　／ 152

经验　／ 153

虚无与平凡　／ 154

没落　／ 155

微光照耀的时候　／ 156

一一　／ 157

少年　／ 158

人生　／ 159

奔跑　／ 160

存在　／ 161

江船　／ 163

戏剧的南方　　/ 164

烟雨飘摇　　/ 165

上海前夜　　/ 167

湖水　/ 169

乌镇　/ 170

船　/ 171

深夜　/ 172

夏日　/ 173

你好，再见　　/ 175

在漆黑中寻找疯狂的自己　　/ 176

六月　/ 177

故乡　/ 178

咖啡馆之夜　　/ 179

谁　/ 180

一个咖啡馆的下午　　/ 181

我知道这是命运　　/ 182

意义　/ 184

流行歌手　　/ 186

旅程　/ 188

六月的最后一天　　/ 190

生活　/ 191

飞机与雨　　/ 192

陶醉　/ 193

秘密　/ 194

厌恶　/ 195

夜晚　/ 196

村庄　　/ 197
夜晚三点的太阳　　/ 198
命运　　/ 199
等待　　/ 201
《大西洋帝国》　　/ 202
七月末　　/ 203

第一辑 (1999—2002)

旗

我就像一杆旗
孤零零地插在
自己的风中
没有人看见我在飘扬
我也不会因此而倒下

可我还是要砍倒这杆旗
偃旗息鼓
让那空旷的原野上
只留下
孤零零的风

1999

梦

紫蓝色的夜空在头顶闪闪发亮
那两只金丝雀儿早已熟睡
只剩下你长长的睫毛楚楚动人
我要用最轻的吻
使它沾满花粉
沾满所有春天过去夏天到来的喜悦

短尾巴的天使从火星降临你可爱的小床
就像对待婴儿一样抱起了你
随后飞得无影无踪

那让我着迷的无底的碧绿的湖
真正地瓦解了
伴随着我对你困倦的呼吸

绿叶上生长新嫩的小粉花
上帝带领着一群米黄色的幼年的鸡在过马路
它们都这样随意地幸福着

我真想你啊
小小的美丽的无法解释的快乐

2001-3-30

燃烧的麦地
　　——给海子

海浪拍打着黝黑的礁石
风正从对面吹来
五月的麦地苏醒到远方
橡树茂盛地拥抱着
此刻的归途幽暗
山野愤怒
骨头在乌黑的太阳下长出瓜蔓
绿油油地颤抖
向日葵
不安地摆动着头颅
怎么回事
我的孩子从天上掉落
鸟雀低压着
死亡
沼气缓缓上升
太阳冷笑着
大麦在浸过油的土地里奔跑
闪烁着孤独的怪叫
越来越紧

绳子疯长着
石头变成明晃晃的刀子
那个女人被脱光了
她梦见他向她步步逼来
沼气继续上升
越来越快
太阳还在冷笑
越来越紧
血液流成了大河
有墨鱼从海返航
我的孩子渴了
只有血
没有水
只有油
没有水
阳光突然抵达墙角的花狗
喂马劈柴
一个整体突出麦地与河流
御梦飞行

2001-6-1

夜里，我看见了彩虹

烟头烘烤着手指，
炙热。皮肤一层层被热火焚烧。
季节的雨下个没完，
我像刚洗了澡的婴儿赤条条躺在床上。
裹着尸身的布摊开在地板上，
墙壁倒下来砸死了我，
疼痛。全身的筋骨断了。
在无数人假惺惺的辛勤劳作中，
烂瓦片堆成破旧的小山。
我的皮凉鞋折成麻雀的双腿，
孩子们在歌唱死亡。
晚祷声中我伸展我的头发，
黑夜里看见了彩虹。
那闪着光亮，透视出女人。
呵，是女人，没错，
影子在墙上觥筹交错，
没有一滴水会来寻找我，
如同寻找一个残废的苦难。
姐姐，傻傻的，

瞪着大眼睛,
我拔光了她的睫毛。

2001-7

安息吧,神

——献给海子、方向、戈麦、蝌蚪以及所有为诗歌献身的人

他们在天堂里微笑
伴着最早的晨曦
他们三三两两　结伴而行
伴着最干涸的喉咙里唱出的诗歌
我说纷飞的陌生兄弟
高举太阳
若还能选择此生
我相信他们一定还会埋头作诗
灯只在夜间燃烧
闪亮着孤独者的苦难和快乐
在离开生命涅槃的时候
灵魂会化作西天战栗的彩虹
像我这样的人一文不名
像我这样的人一钱不值
远离了尘嚣
哪里会让我安度余生
在八月湿漉漉的季节里
我在桂花丛中喝得像他们
放声大哭

2001-8-24

眺 望

对于死去的人们,我们是苟活者
是一览无余的赤裸着良心的苟活者
如不再永生的大颗粒果实
注定要消亡在腐烂的泥土里
唯有远方花枝绚烂,唯有那
云彩中的阿弥陀佛一路移行,踏着佛光
踏着开满骆驼刺的记忆和渴望

使灵魂与苟活的人相连
超越这极其自信的枯枝败叶
为孤独者找到它自身言语的房间
死后,让我们从窗户远眺
眺望那哭泣的诗行
逐渐丧失感情的懦弱,在天堂下面
在伴随着惊慌不安的海水下面

爱情,已经像一根单一的木头
倒在了理想奔驰而过的道路上
为了寻觅风,准确地说,为了感受风
我们被飞鸟唤醒

但是，在这么晴朗的天空中
还能有什么比飞鸟更温柔

我们已经贫穷，像阿卜洛人所经历的苦难
已经举起又放下了旗帜，内心的安静
是需要多大的勇气，而久久不能平息的
又隐藏在那神秘的黑森林背后的
又是什么？
这些所有的梦境中出现的幻象
正如卑微的旅者随身携带的包裹
我们正被死寂的秋泣所掩埋

2001-8-30

妹 妹

你在树即将被伐倒时挽救了我
我抱着你飞上天去
一起观赏石头
这幸福而空灵的石头
我们就在树上
享受这一切

我突然生气时你掉过头去
头也不回地
跑进地里
那些疯癫吐穗的麦子
把你拥起来
戴上金冠　成为女王

你的嘴仍然噘成一座小山
从上而下
都透出童话诗般闪亮而过的细溪
你伸出一根手指
上面缠满了红线绳
安静了我砍树时发出的响声

我常常去湖边歌唱
你常常去湖边照镜子
你的长发美丽了我的衣服
我们必须向湖边跳去
用一只脚
站立并不很重的快乐

天空出现年轻的红色
有些无关的云朵躲起来看着我们
我摸摸你善良的脸蛋
像白色的鱼
光滑舒畅
我们坠进湖里
湖喝光了我们的水

我慢慢移向黑暗时的海
你却赖在河滩
眯起双眼洒落了一地羽毛
我盲目了双眼
无论如何也看不见那些听见的歌声
一群鹅飞起又落下
一群鱼经过又返回

我多渴望我能从海里
骑太阳的马走出来
前进到另一个湖边去牧羊

湖可以淡淡地笑
海却不能
她哭得成了土地

我的手冰凉了夏天的阳光
这里成了雪季
我用耳朵一听
你闹着想要去看门口的神
小孩子们用香火点燃爆竹
神的脸上渐渐消失了划过的星

走了好久
我都没有看到一棵树
只有些许曾喝醉的街头巷尾
蜷起来任凭去拍照
我告别了出生的这片土地
牵着你想去远方

你还是站在湖里
两手抱着自己细小的腰
你的梦中突然出现一个像我一样的人
只不过身材高大
而且他的眼睛闪光

我更加盲目地沮丧自己
甚至不想去参加夜晚的舞会

我泪流满面
抓起一把土壤
用最长的手指拉了起来
却不想邻居家的椅子全部
排队过来

听众中有你
听众中却没有我

   2001-11-20

对 比

为了安静我跑进黑暗的巷子
但我害怕落雪
因为落雪之后
没有什么是洁白的
我领着皮肤漆黑的女儿
去拜访头发花白双腿抽筋的巫师
她的两只眼睛继承了我的光明
我把夜里的诗涂在了白墙上

2001-12-8

我们这群人

我们这群人
说过要走很远
我们这群人
说过要去寻找什么
我们这群人
说过要享受楼厦间吹来的风
我们这群人
说过要在芬芳的嘲笑中站稳脚跟
我们这群人
说过要在麦地里左右奔跑,拥抱麦芒
我们这群人
说过要注意阳光的动向
我们这群人
说过要让安慰的花招揽海潮
我们这群人
说过要对稻谷和蔬菜心存感激
我们这群人
说过要吻遍所有的大山与河流
我们这群人
说过要感谢亲人派来的天使

我们这群人

说过不会屈服于黄金的口令

我们这群人

说过要仔细观察土壤的每一寸呼吸

我们这群人

说过要爱惜女人迎面拂来的微笑

我们这群人

说过要变成旗帜去迎风飘扬

我们这群人

说过要用爱情的笔画下所有大地的眼睛

我们这群人

说过要苦苦挣扎着直立起来

我们这群人

说过要打倒一座森林

我们这群人

说过要让鸟群在手掌上像羽绒般飞散

我们这群人

说过要让满天流星不生不灭

我们这群人

说过要在沉默中摇晃,燃烧夕阳

我们这群人

只是说过要走很远

2001-12-9

江

苦苦的水，从天空橡树的眼眶里滴落
只是一滴一滴地滴落
没有斜对面的那株山杨树般号咷
因为，山杨树是我的兄弟

苦苦的水，穿透几万年的尘埃
落地之后，逐渐化成了一条江
这条江被我的敌人所诅咒
当它流经我的麦田时，冲走了那堆最高的麦垛
在寒冷的江上，我的身体逐渐被释放
我用甜甜的血，中和了苦苦的江水
使下游的人们，不用再坐在江边哭泣

然而，江水是红的
红红的江水里有无数只微睁的眼睛
它们将唤醒下游所有的麦子
让它们，和我们一起歌唱

2002-1-18

绿草如茵

梦见我的故土
满是苦难与荒凉
贫瘠的黄土加上失血的河流
那一切　曾让我踌躇满志

梦见我老去的归宿
满是豪情与富饶
无边的草原加上雪白的羊群
那一切　草原的主人
邀请我共度余生

梦见我酒醉后奔跑、跌倒、站起、奔跑
父亲的头发白了一层
母亲的头发白了一层
我的头发绿草如茵

2002-4-18

无 题

贫穷将守着我过夜
守着一贫如洗的我过夜
夜晚里
有免费的月光
有免费的星光
有免费的万籁之声
我在夜晚的牧歌中骑上马
挥舞长鞭与羊群嬉戏
我是这样的热爱这披着红装的羊群
以及羊群飞奔而过的草原

我爱你们：
贫穷、黑夜、牧歌、羊群和草原。

2002-4-2

分 红

海子勇敢无私地纵身躺向铁轨
而我此刻却做着暗无天日的春梦
就是说即使我走上一万年
也不可能走到山海关
的每一条铁轨和每一条枕木下

我恶心地羞愧了自己
羞辱了自家的列祖列宗
求他们保佑我的头发盖住眼睛
那时的世界将明亮辉煌
只求一瞬间的明亮辉煌
我便心甘情愿地走进黑夜

牵上女儿的手
牵上猎人的手
在路经兰州的麦子地时
高兴地吐一口痰
以便告诉土里的精灵
这里走过了长发披肩的罪人
他挨着饿　乞着讨

爬着行　驮着黄金
他的破瓷碗里分明是黄金

金灿灿的金子
所有的穷人都会喜出望外
他们望着我
睁着大眼睛望着我
我于是打开诗集
把这些麦穗分给了他们
痛吃

   2002-3-26

祭奠村庄

我同大风失去了联系
同大风吹过的山冈失去了联系
荒芜的麦地里秸秆都已还田
田里没有麦子　我爱没有的麦子

我爱麦子
未播种也未耕作也未收割的麦子
麦子是十个孩子的口粮
替代了电视机　替代了自行车

麦子是十个海子的复活
那一年　海子醉心于死亡　不能自拔
麦子拥有黄金矛头的麦芒
比我的胡子更坚硬

竖起来　昂着头
海子早我十三年跑进了黑夜
我没有海子贫穷
我没有海子富有

我甚至也很平庸地站在驼队经过的村口
招手、摆手
盯着胳膊粗壮、满脸通红的妇人
打水和浇地

我冲着他们招手、摆手
我冲着她们歌唱,歌声里
黄土飞扬,阳光充足

这是芦苇的村庄
盐碱的村庄
这更是海子的村庄
我在十三年后在村庄里烧了纸钱

     2002-3-26

参

大火埋进地平线的谷物
我的七月流火
我的十月做好了出嫁的花衣裳
我的身体
一部分去嫁人
一部分去唱戏
或者说
我更像一名戏子
常常涂成红脸的艺人
我有黑色的眼睛
和吃麦子长大的嘴
我用火红的颜色和漆黑的颜色
祭奠了散开丢失的羊群
我抱紧它们
就像抱紧麦子
我所有的山兄弟

2002-3-27

第二辑 (2002—2011)

黑 夜

——谨用诗歌和太阳的名义,我用这首长诗歌颂新的世纪

怀抱着白发苍苍的女儿的向往
梦见了亲人
父亲、母亲、姐姐
找不到出走的哥哥
出走的我
梦中驮着铁铃
系着一匹渴死的骆驼
这空无一人　艳阳高照的沙漠

遥远的窗外矗立着一棵树
枝干高大且繁茂
郁郁葱葱
即将枯死
这么蓝的天空不见飞鸟
这么碧的海水不见游鱼
诗人纷纷摘下头颅跑尽生命的源头
重新钻入襁褓
等待降生

疼痛的生产之母亲
院子里听见了马叫和稻谷生长的声音
天空　轰然倒下
埋葬了一切寂静的碎片
我的肚子里长出苦难的儿子
坐在天梯上
迷茫着那更苦难的灵魂

电闪雷鸣
劈断了太阳的脖子
五脏六腑召唤着你
盲目的瘦哥哥
喝醉了酒的诗神
赶快来拯救这即将爆炸的大地
我所出生和成长的血液
我的河流
快来拯救我的亲人
烈火已经从大海燃烧过来！

黑夜，神秘的怒吼之神
你难道能漠视放任自流的战争吗？
烈火进攻了家乡
杀死了祖父、太阳、
还有那座跳跃的山
养育我童年的山
孩子憎恨这散布谣言的烈火

怀揣着猎刀和盐水
去寻找黑夜,他的哥哥

走过一百堆灰烬
继续呼唤着黑夜
如此荒凉的沐浴之火
爬过一百条哭泣的河流
安慰她们
没有什么可以阻隔迈进的脚
如此艰难的历程
我把热情戴在头上
继续赶路

沿途经过一座村庄
农民们热烈地歌唱收成
那一垛垛高耸入云的麦子和高粱
以及酝酿着暴动的烈酒
农民们欢迎我的到来
问询着使命
歌者也有这样的村庄
乡亲们蜕光了劲头和岁数
呆坐在大磨盘上抽自家的烟草
烈火已进攻了村庄
燃沸了喂养我长人的河流
兄弟们已在河水中失去了生命
他们是这样愤怒地把猎刀和盐水交给了我

我于是必须告别途中村庄的乡民们
紧握着他们的手
拥抱这些兄弟们
告别他们　亦告别了更深的埋葬

继续在路上行色匆匆
中间的空虚
逃离、巨石围在了周围
是那些阻止我远去的人
死去的人　并排在裂开的口子上
不期而来的这满怀希望的草垛
他们在苍白的地上滚动
头发幻成了树叶之妻
石头开出血红的花
弥漫着痛楚的香味
我抽出猎刀　劈开这狂笑的土壤
纵身跃进　黑洞
深不可测

头朝下栽进井
那口充满着死笑的枯井
撞碎了头颅
在秋天，冰冻着火热的残暴
大地上每天失踪一个人
出于幻觉的失望　猛烈的雪
落入这口井

把我的躯体慢慢溶化

黑夜,拯救故乡的牧羊人
张开他高昂而膨胀的翅膀
托起最初蜿蜒杂乱的脑子
今夜,我们随步伐漂向目的地
家乡里,赞美黑夜的乡亲从
昏昏欲睡中张开舞蹈的眼睛
金黄向日葵疯狂长成黑色
怀乡的男人忧郁成性
和黑夜杀回生长的地方

烈火,已焚烧了几年来收获的粮食
龇牙咧嘴地逼向手无寸铁的亲人
乡亲们惊惶万分　抱成一团
诅咒了这个世界
我和黑夜已经赶回来
潮湿的木条上冒着烟
诗人,无论如何　你无力偿还
黑夜给予你多么温暖的情义

黑夜和我飞翔而来
我的黑夜,我信奉的战友
巨大张开的翅膀
望着烈火
望着奄奄一息的太阳

哦，我幸福的太阳
我们已经赶来
全身的黑暗因你开起而解除
再也不要否认
黑夜将永远地拯救太阳、村庄和我

太阳、村庄和我！

烈火，磨损了额头、剃光了头发
被战斗的人所俘虏
破灭的村庄恢复了往日的宁静
起风了　祥和
远方除了遥远一无所有
黑夜和我站在草原的荒芜上
由太阳颁发谢意
我们从苦难走向了彗星之尾

黑夜，我最亲爱的兄弟
请汇集所有的愤怒和屈辱
好好生活　不要睡眠
繁衍
坚强或忍耐

出生和成长的村庄
抚育我出生和成长的太阳
已战胜烈火

战胜苦难的灵魂
并梦见亲人　那璀璨的群星
海滨的低田
重新降生的诗人
等候着蓝蓝的天空
等候着碧绿的海水
等候着风和日丽

全部的夜歌，全部的哥哥
从出生之日起就承受了恐怖的摧残
黑夜，太阳
我已获得汇聚。

2002-11-4 于山西大学 20 号楼宿舍 420 室

爱 情

这个词
我发誓不再提起
那些个发黄苍白老去的故事
麻木的雪
所有苦难着更苦难的灵魂
已决计不再承受这酸涩的痛楚
为了寻找
我左右奔波　遍体鳞伤
美丽的蓝天白云草地河流
洁白的羊群
手做的布裙
究竟为了报答什么？
人类一次又一次地走向孤独

沉浸在盐水的伤口中
我还在等待她的召唤

2002-12-8

在孙明亮的小屋

雪白的鸽子
步履蹒跚
在这伤心而幸福的房顶上
和废旧的木头
相依为命

极不和谐却洋溢着芳香
火红的灯笼高高在上
正月十五的春天
人们走上街头　占卜算命

透过不容易的玻璃以及窗户
这一群弱小的房屋
是如此的可爱
我深处其中
可以获得怜悯

2003-2-15

暗 曲

夜　如此沉静而死寂的夜
夜　如此绝望而恐惧的夜
夜　饮泣如悲歌的夜
夜　慌乱如苦鬼的夜

而后痛歌如瞬
而后萧瑟如枯
而后逝者如斯
而后你于散开的翅膀中睡去
嘴角被放荡和血填满
而后　蓝色的羽毛滑落
顺着遗忘的觉醒
依稀看到你的微笑
犹如善良、奔跑、肆意、纯洁的天空
而后　你心脏的飞翔
逐渐坠落入那平静的湖面上
我就这样痛苦地强暴了你的生命

2003-10-18

七 石

七打石头
每块都泛着不同的光
空洞　空灵　又乏味
它们聚集排行
汇合初冬的力量
编造一把椅子
抑或是一条失血的鱼
热情　忘我　又沸腾
喧闹的窗帘
羞耻的床
解构的不仅仅是房间
还应该包括你
冒雨回来的眼神

2003-11-19

马戏团

——向保罗·策兰致敬

我听见你歌唱
在发红的火圈
那儿,我看见你
有限的老虎

行礼的人
脱去准备安葬的帽子
扔入火中
提早结束了旅程
耻笑了几年来谵妄的
哭泣和汽油的公里

他们毫不爱惜尘土弥漫的阳光和眼
狂奔若豹
雪白的豹子
漂亮而静谧
它隐晦地掩藏了发黑的斑点
纹路清晰
你的手掌吐纳芳香

胖乎乎的身躯和血脉
微笑、政权、暴力
抵达的是纳粹极端的快感
为了腼腆，熊始终保持缄默
这头灰黑的动物、兽
竟被流动的绘图所吸引
可爱而不乏魔力

请停止你善良的抄袭吧，
这不是一首诗
也并不意味着它是一首诗
保罗
深夜中一支竹黄的辣椒
深海里一幅灵魂时隐时现的画作
让我们在情绪黯然的光明下宣誓：
流逝的同时，人类结合为一体。

2003-12-1

月亮上的红色堂味

微微进去的门
如表盘般细致地粉刷
一粒粒镶在玻璃表面上深绿的黑点
在深夜的声响中变得脆弱
并非是源自你内心无垠得寂静
我才会守住此种无法轻易获得的隐秘
不肯松手
而是等到一排序列之中翅膀伸出的对立
以及触手都不能感觉的唯一的嗓音
将所有的倒塌的纸盒唤醒
他们于排队的时间内不停换位

不停大笑
侵犯你捡起的尊严、卑鄙和呻吟
这一切
都发生在推门的一瞬间
而这已足够
不可理解、比喻的味道
会渗透清醒你无知麻木的双腿

2004-5-2

抹大拉的马利亚

一个女人坐在散落的白衣服上
双手拖地
衰弱的大麻和头盖
她微睁而忧郁的双眼
背后的鸟群消失殆尽
树林的慌乱退避无踪
她无法写出剩余的诗句
像极了普通的小丑
丢失了红帽子、红鼻子和红靴子

妈妈
你给予我叫喊与哭泣
却没有给予我死亡和仇恨
你使我悲伤
但你为何使我悲伤？
马利亚，遥不可及却游走四方
裸着身子眺望着我
一个坐在凌乱的丝绸之上的女人
花童般蜷曲的褐色头发
是谁从意大利拾起这一堆破布？

2004-5-2

青春和流火

你必须迅速地逃离
鸟群的召唤
迅速地消隐
在寂静绽放之前

无知的鲜血和泥浆
泼倒在碧蓝的天边
长发少年收拾破裂的柴火
痛楚占据光明的五月

女孩在床边微笑
嬉戏着迷路和猜疑
不幸透过水晶莹莹降临

水流声开启的时候
我独自饮醉
几何图形影像般神秘起舞
表演已经被遗忘
你为何还要响动隔壁颤抖的铃声?

2004-5-6

记叙的快感

——一次经验，危险和痛苦

我的身体开始　分裂成许多碎片
它们内心黯淡没有思想的余光
它们表情哀伤　被堆积起来的兴奋所击败
我开始觉得自己越来越像一名戏子
脸色苍白　行动仓促　被观众耻笑
大片大片猛烈的灯光把我灼伤
想起回忆中某个阴暗潮湿的角落
明亮起来的内脏背后翻滚着的是种植起来的还原
一切都勇敢无私地生活着
即使唱足了深邃的歌词你也不过是一个注重细节的小丑
流动着　抽泣着　走动着
无知茫然地被捣碎和记录　甚至重组
告诉我　你是一个孩子还是一支缺水的钢笔
别在纸张上浪费时间　也别尴尬你的无奈
鸟群　朋友　参天的古树　一个 Em 小调和弦
一杯咖啡　一把歃血为盟的手枪
空有枪膛没有子弹的枪
扣动扳机　就像扣紧了生动沉睡的椅子
后期　明天　冲动的时刻

你已不知不觉进入了语言的游戏

被规则的刑罚所缚紧双臂

同志　你可爱古怪朦胧微笑愁眉苦脸的灵魂

已在自慰中被射杀

你的鲜血被恣意涂抹

请在死亡的自责中别信仰太深

否则剩下的将不只是憎恨

那来自黑暗的无比欢快的奉承

结构主义者

刚从暗夜中被唤醒的诗人

你已被解构　解决　解手

你善良圣洁的双手布满灰尘

你暧昧的眼神从激动中被咏入神话

一切都不要擅自记忆或忘却

除了歌唱带来的色彩

除了永恒的黑暗带来的忧伤

除了柔软的丝绒遮盖着的力量

除了不能被钥匙所进入的温驯

除了语言所不能解释的凶狠

除了影像背后炫目光彩的漂泊

除了你已经危险痛苦恶心彷徨经验笼罩下的余生

2004-11-5

写于山西大学自由·远征学社"关于人生的思考"自由论坛现场。

上帝不希望你是一块饼干

你被保佑的脸上涂满油彩
一副滑稽的圆形酒醉上映
上帝不希望你在凌晨时分骑车外出
危险的路边杂草丛生

你被保佑的嘴边微笑叠加
舌头的舞蹈同钓鱼扑克相形见绌
上帝不希望你在正午时分脱掉裤子
床单的绒毛会绽放阴谋

你被保佑的乳房透明觉醒
墙上的时钟准时拨响号码
上帝不希望你在傍晚时分变成观众
露骨的剧情将把你的发梢拂起

你被保佑的大腿麻木凌乱
磁带机里播放出破旧忧伤的曲子
上帝不希望你在子夜时分成为饼干
你被榨取的情节在下一年七月的坍塌中被重演

2004-11-28

兰 夜

晚上睡熟后越檐飞过的老虎
抽泣而醒
被失望的秸秆所鞭打
从房屋的一头疯跑到另一头
怀抱灰烬漠然落座

你苍白的脸上布满皱纹
镜子生长出来
吓坏了苦难冲动的孩子
一群树木移动
烟雾笼罩海面

音乐从彼处响起
把所有脆弱的耳朵　灵感
放弃
放心去明亮这失血的黑暗
点燃一把吉他
插电后失真依旧

2004-12-9

在孙明亮的小屋 II

铜鼓被床单所蒙蔽
喑哑的墙壁倾倒入
无尽的彷徨
少年无知的眼神所注视
门里的世界　鲜红　黯淡
而不乏椅子间迷乱的纷飞

磁头记载了一切悲伤的嗓音
从电线缠绕的台灯背后
人们开始议论——

这无止境的地板。

2004-12-9

友 谊

两只平实而充满魔法召唤的
透明的玻璃杯
精灵般停滞在生锈的窗台上
它们对话　言谈　举止
等待着不同种类生物的侵扰

你从坐立不安中抽身而出
干涸的喉咙示意脚步从容地
迈向角落里的安谧
你从花园走出　满头露水
饮水后放下的声响巨大地砸落在地

这是两种生灵，都是大地的杰作。

2005-6-22

悲伤的小夜曲

我被灼伤的疼痛在今夜
无人对饮的酒杯中弥漫开来
从一望无际灿烂炫目的草场中
释放快感
我终于想死
点燃某根燃烧将近的蜡烛
甚至点燃王座
去做悲伤痛饮的酒徒

我被灼烧的身体在空气中弥漫开来
张扬毛孔
御梦飞行
沿途看见女人们揉搓衣服
她们的动作笨拙而辉煌
使我意识到
从容不迫的暴动即将来临

2005-7-13

北张的孤独

这惊人的举动
气氛上升

我通过玻璃得知埋藏了数年的秘密
独身沉浸在慌乱
这孤独不可言说
悄悄地闭门而出

窗户外边黑暗笼罩未来
亮光似乎不愿就近觉醒
劳作的人们脱光上衣
敲打熟睡的瓦当

孤独啊孤独
你是小白嘴上一颗闪耀的痣
同时也就近骚扰犯人们
你可知他们的生活还不如最近的我

轻轻俯身
安慰街面上每一颗受惊的石头

这些无辜的受害者
跟随着我 历尽无数磨难

我是他们的小王
愿意陪伴我的就跟随我来
站到队列里
随时准备出发

   2006-8-18

羊群和我

避开外面炽热的阳光
我抚摸每一块被灼伤的玻璃
它们是如此透彻地明白我
因为我和它们一样悲伤

玻璃的爱情在草地上牧羊
这些羊群有时温顺　有时暴躁
大多数的雨水下来之前
有时还会变得优雅

我观看这一切
代表羊群和食料
我蹦起来高高接收
小神派来的使者

月光下的人和月光下的羊群
男人和女人
明确拒绝的透明光线
穿越玻璃　也穿越悲伤

所有的所有
毛线织就的悲伤
羊群和我躲在悲伤背后

玻璃般的屏风
挡不住一点泪水
任凭阳光和月光穿越
羊群和我暴露无遗

最终收场的还将是你
幸福而可爱的人儿
一枚硬币就可以打破沉积多年的迟钝
但愿羊群骑上山坡
把这一切观赏

     2006-9-26

模仿中学诗人的习作

我遇到你
此生就这样跌倒
常常在傍晚阳光穿透窗帘之后
手指被敲打爱情的声音涂满色彩

午后的向日葵和傍晚的向日葵
两种毫无关系的植物
你的也是你的
我的也是我的
两种不曾寂静的幕前独白

有时候　我贸然抖搂出很多次的激动
被你否决
甚至伤害
过去的业已忘记
正如未来的不曾预言
你趴上后山的困难
也正在此刻被我看到
暗暗笑一声
我健步如飞　超过阻挡你的石块

2006-9-30

无所顾忌的依赖

你知道吗
我们就像受伤的蝙蝠
另外的雨滴
亦如挥散不去的阴影
懔然树立
这一切在转动
无人的天空
痛楚生动起来
有人在呼唤天使
楼房顶着翠绿的雨盖
天使生长出翅膀
望眼欲穿
这都市
这欲望的归宿
这些人们
平稳地生儿育女
我看着所有
石头和正义
怀抱的感伤
你也来看看

这装饰了羽毛的街道
谁告诉他人隐秘的故事
乡土乡音也无法阻挡
现代寓言的倾诉
唉
大叫一声
坐在傻子的头上
早点催促下一代出生吧

2006-11-16

十一月的罗拉

罗拉弃城而逃
奔向远方
十一月的来临
罗拉顿时无法适应
树木整日移动
天气乱七八糟
罗拉感叹世事

罗拉曾经端坐在城市里的水池前
看着衣冠整齐的小孩子大笑着经过
罗拉曾经在时髦衣橱的小房子里闭门
她怀念计时钟的味道

现在的罗拉常常缓步移动
以前的太阳有时临照午后的街窗
现在则孑然一身
懒得动弹
懒得再照一照落泪的人们

我想说
罗拉的孤独也许和太阳有关
这个纬度的人们需要太阳
否则会加剧心灵的衰老
罗拉正是这样

罗拉离开的时候跑步经过一个个商店
她需要另一个地方
另一个纬度不同的地方
秋天的太阳或许是另一种状态呢

一个勤奋的太阳。

2008-7-8

平遥,平遥,谁的城

平遥,平遥。
一座城。
我从来没有看清你,这座城。
昨天下午,我坐下来休息,
回想起平遥,这座城。
每次的平遥,湿润的平遥
那些历史的尘埃,尘埃中的雨水
我的平遥。
它从来都不是谁的平遥,一座城。

2008-9-28

十二月,在路上

生活一蹴而就,毫无起色
我坐在这里等你
一切盲目的无知的一切
我徘徊在门里,坐在椅子上等你

十二月快来了
我还坐在屋子里等死
吸烟,发呆,懒惰,以至于睡觉
我向往,我向往

一切巴黎,一切德州
一切无所谓
一切 66 号公路般醉倒的死狗
一切嚎叫,一切堕落

快点出发
在路上,你随后
我们一起
绝尘而去

2008-11-17

草原，谁拥抱你

昨天晚上，
我低头打马过草原，
马背上的我忧伤，
马背上的我寂寞，
马背上的我比你想象的还要脆弱许多

今天早上，
我从夜晚醒来，
那是怎样的无辜的夜晚，
我弄醒别人却沉睡自己，
惊恐，慌张，落入梦境，
我只想求你来笼罩我

你与我，
似无数乱鸟飞过的乌云，
我此刻被囚禁，
太阳升起又落下，
野花盛开又关闭，
你却在哪里永恒固执！

2008-12-14

冬至,你睡眠无用

醒来时,一切都挺正常
冬至
一天红色的时光
我从远处归来

我午夜呜咽
看到一段文字典雅的青春
得到又失去
一些微弱的青春

我骑马飞奔
冬天里的村庄寒冷
冬天里的村庄绝望
我在那里丢失了你

那些融化的冰
我从上面走过

2008-12-21

零玖,零玖

零玖,我从睡梦里装满寂寞
一声不吭地游走
在夏天到来时苏醒
你等候我的心碎

不经意间图谋
你不经意间爱我
我在地里种植了寒冷的你
零玖,你从夜里醒来

我知道,今年的我疯狂
今年的我空虚
只为你从五月虚伪的光线中醒来
你在偏执的同时打扰我

零玖,零玖
一场空,一切我的所有

2009-1-2

消融，一把电工刀

在这个季节荒谬地悲伤
还不如去夜景美丽的都市散步
我总是企图消解掉那些过去
正巧你总是缓缓经过

向街道问一些走丢了的故事
我打着手电狐疑而敏感
几张邮票，或者几把看不到的电工刀
在他们的手心里攥紧

我从明天过来问候
写些往事，写些回忆
不小心在路边跌倒
十年前你就应该看见

融化我，那把电工刀
你炽热多情的把手

2009-1-4

小年,小年

小年,一根红腰带
系在我寂寞的腰间
一把行将离去地挥舞着的痛楚
小年,你把我灌醉

很多时候
我听到这些爆竹的破裂
它们呜咽,如同产后的妇人
我确信生活和生产是一个道理

那些过往的明朗
都烟消云散了
在小年的晚上
我点燃放手一搏的今春

呵,别想着我是谁
小年的现在我忘记了你

2009-1-19

三月,三月

三月,拖着你疲惫的身体
我打南边经过
潮湿的鱼,潮湿的雨
我从南边回来

一条街道上的陌生人
和另一条街道上的陌生人
你我相遇在北方罕见的春天
春天里,不应该有这么热的时光

我褪下行装,幻想一些过往
我去了哪里,我又去了哪里
没有你也没有我
没有南方也没有北方

草原有天出现在我的梦里
海子说:"青海湖,请熄灭我的爱情!"

2009-3-19

故乡人

过了二十年,山川依旧
你去了哪里
你这一走,二十年里
山川长老了不少

你是这株镇定自若的麦子
你的负伤,中雨降落
浇灭了我的一切感伤
我的一切,从此被你带走

你在哪里过冬
海子
遥远的故乡
五谷丰登,庙宇清脆

我把你埋在我的肚子里
　　——一如地里寒冷的麦子
这二十年的忧郁,也是你永恒的芳香

2009-3-26

爱 情

我在哪里眺望
远方,抑或无处飞翔
一匹马带来的忧伤
难以忘怀的记忆
我醉在感冒的雨里
少年戴着微风走过
我把自己放弃
把穿越故乡的命运放弃
只不过
时光与我无关
倾倒在路旁的一段矮墙
身披记忆,你在哪里等待
有时,我拥有自己
有时,我拥有自己,也拥有你

2009-4-5

风从太平洋吹来

风从太平洋吹来
我的头发从太平洋吹来
竖起来又放下
犹如一杆旗
插在自己的风中

我转掉自己的双眼
那样盲目而悲伤的双眼
在你羸弱的注目下
我跌倒又夺回我自己

风从太平洋吹来
太平洋上的风是一只船
船夫是我
女儿是你
你我在太平洋里
波浪中看不到黑暗的明天

我在风中抛开自己
又在风中展开

太平洋上的风
我站在太平洋上

撕碎我的
不是别的
正是无关紧要的黎明

啊，黎明
暴风雨中的我
你从哪里升起

   2009-4-7

黄昏中我嘲笑荒诞夸张的我

金黄色的黄昏
黎明升起又落下
你们是相反的童年
往事中透露着哀伤

黄昏，我滚圆放荡的童年
雾色笼罩
光线适当
我扳开城市的手被光阴磨破

你听不到我的呼唤吗
今晚你听不到我的呼唤吗
黄昏走来
它是我荒诞夸张的童年

我狠狠地抚摩了天空
这嘲笑，真如泪水般苦涩多情

2009-6-4

远 行

岁月的尘埃落定
渔夫怀抱小船归来
煮一碗江水
热气中冒出升腾的我

我从远方归来
船上的我思念
船上的我寂静
沉默中有一颗热气腾腾的我

江水流淌，水波清幽
我在船尾眺望
一些鸟飞越城池
一些山经过，我也经过

所有的远行都是我的悲哀
正如遥远的新娘
也是我陌生的爱人

2009-6-22

黎 明

有时，我祈求黎明的来临
太阳从缝隙中穿过的光芒
折服我和未来
是啊，光芒
沉醉着冲动又觉醒的偶然
我被你灼伤

这片景色黯然的黎明
你不知道我的过去
你甚至和闪电也无关
只是一张面目温柔的初秋
爱上你也无法使我堕落

街角的树木在这个季节停止移动
这是谁的黎明？
它无情地透露光阴的传递
这　片黎明，故乡的黎明
我怎样可以叫你愤怒！

我和过去行驶在同一条规整的道路上

这一刻如此,今晚也如此
只是黎明
我感到陌生,也感到飘零
你早已迷失的那束光线
它是我终生的幸福

    2009-9-19

谁的平遥

今晚,无人入睡
平遥突然成为一座不夜城
它的成长,我的恐慌
那些守旧的照片
一些空旷
更多的
我带走的是五年前的忧郁

在熙熙攘攘中发笑
一切,就如同失去
再次坐在街头
我想起五年前的目光,
其中一幅是我
另一幅是我手中破裂的……
失明

用语言来描述过往,是过错
用过错来对付未来,是更多的,也是永恒的
过错无以复加
平遥,怎样失去你

还是马桶上的男人怎样迷失他自己

我离开小城的此刻
路途遥远
开一扇门或是打一盏灯思念
遥远的下一年
以及下下一年的
谁的平遥,我的爱人

     2009-9-21

光阴叫我沉睡

光阴叫我沉睡
沉睡是一匹阴天踢踢踏踏的马
我在马蹄声中失眠
失意人的光阴
管不了那么多的故事

走来走去的你
木鼓声敲打的手指
我不是你，你怎知我悲伤的心事

一天中最意外的时分
我还是丢失了天空
灰暗的五只鸽子
正巧飞过这意外
我装作经过的打鱼人
他是木头锻造的爱情

生一把火
又脆又冷的火
烘烤你

透过银杏树
透过两岸疯掉的草丛
两颗心脏燃烧
我同时也为你燃烧

2009-9-22

第一首情诗

我沉醉于牧马人的梦中
灵感从深处泉涌而出
这仿佛不是梦
一如现实炫目的端庄

你在远处登高眺望
南方,抑或北方
多彩的女人
我靠近绽放的麦芒
阳光将我刺痛

我长久地沉睡
只为在这一刻醒来
漫长的黑夜中我饮下孤独的烈酒
只为在这一刻醒来

我微闭双眼
盲目中触动你细软的长发
我在沉默中翻开一本书的首页
爱情、义务,还有归巢的鸽子

广场上人影浮动
闪耀着若隐若现的黎明

我再次醒来
痛饮这杯谁倒下的烈酒
缓缓迈出步伐

筏舟人远渡重洋
我也坐船将你思念

2009-10-17

叶子离水很深

叶子离水很深
我坐在叶子上面

绝望的孤单的倒影
藏在水中,观望明天
那是你的前生
也是我的来世
唯一相同的是,命运
一张网的明天
一只船的昨日

叶子离水很深
我坐在叶子上面
把人生看望

2009-10-17

我陷入沉思

沉思,是一匹瘦小的马
舞蹈着奔向黎明
马背上驮着你和我
一些幻想,多年前已经驶过

忘记黑夜如同忘记白昼
一蹴而就的忘记
自私　无情　最悲哀的是痛楚
还好黑夜总是适时来临
重又踏入其中
天使的序列中重又听到呼喊

记忆眯起双眼
黑色葡萄架上睡着金黄的老虎
图书馆守夜人一声断喝
玫瑰送来爱情,也送来难以磨灭的光明

2010-3-10

水中观望黎明

走之前
看一看卧室里朝阳的水仙
一朵无所畏惧的光明
闪耀寂寞，也闪耀已经复活的春天

在太阳强烈之前离开
水波温柔的黎明
可以覆盖人世间一切的悲欢
也可以从容离别四姐妹，笑声荡漾

我相信木船飘远时
爱情展现时冲动的野花
也相信马头摇摆时
坐在山冈湿透身体的诗人

二十年前你打马过草原
悲痛时握不住一颗泪滴

2010-3-26

我所理解的巴黎

金黄色夜晚的巴黎
一些人漫步
另一些人思索过往
推开酒吧
推开含着烈酒的你
你的心脏在我的注视中燃烧

是吧
我亲爱的巴黎
从未谋面的老朋友
塞纳河畔的灯光是不是还那样昏暗
还是已经衣着华丽开始起舞
不管哪样
你都是我的巴黎
站在河岸就可以微笑问好的巴黎
一点热情都不需要的巴黎
他们全都是你的热情

我爱的巴黎
就是这样简单明了的爱人

分不清东南西北的爱人
午夜里迷路的巴黎
如果不懂得迷路
那还能叫作什么巴黎
这样无情还多情的巴黎
你知道我正想念着你的
深夜里玫瑰没有绽开我却想念着你的
我的巴黎

我所理解的巴黎
情真意切的巴黎
我带着笔写下不怀旧毋宁死的巴黎
那又多像是超现实的玩笑
我笑着对未来摆手的
站在海边哭泣还是傻笑的女人
蓝裙子白帽子的女人
火山一般在巴黎行走的女人
不属于你也不属于我的女人
那就是我所理解的巴黎

2011-11-13

第三辑（2013—2017）

给海子,同时也是给三十岁的我

多年后的今日
我已经数不清是多少周年的祭日
时光把我吞灭
我在时光中看到春天的复活

春天,十个海子
春天,在三月弥漫的灰尘里
想起众神,于是想起我自己
面目坚毅　眼神游离

年轻时的我,怀疑一切美好
坐着飘忽不定的云彩,做着飘忽不定的梦想
三十岁的我,看着疾驰而过的火车
想到更多不确定的明天

海子离开的这些年
我朗诵大段大段的诗歌
一如卑劣猥琐的狗
轻轻敲门,却无人知晓

我总是悄悄走着
悄悄坐在车里发呆
迷失的那些岁月,正好把青春丢尽
遗忘了誓言,背弃了理想

偶尔,我也抬头看看月亮
摸摸兜里的心脏
湖中飘逝光阴,琴声倾诉你
买一张票,去远方,借吊唁的名义去观赏自己

海子,那年起,心里种下的种子
一直在发芽,却不曾长大
舀一瓢水,浇一朵花
再舀一瓢水,再浇一朵花

远方的远比远方更远

2013-3-26

冬 至
——献给奶奶

越过冬天
去看溪水中仅有的骆驼

你我在被窝里昏沉的时候
骆驼一人发呆
搓着双手取暖
她的勤劳无人能敌

北方的空气里
到处都弥漫着寒冷
骆驼的背影蹒跚
深埋在冬天
她清了清嗓子
没说出一句话

日渐老去
人都有老去那一天
在今年的冬至
我把骆驼刻进记忆

一粒尘埃
里面埋葬了
故乡的日月
故乡的风
故乡的天地和岁月

越过冬天
溪水也化了
空气中飘落花香的时候
扬一把土吧
故乡孕育的孩子
今年还会有冬至
但来年再不会有

   2013-12-21

在深夜,我怀念你

二十五年
是你的全部家当
也是到今天我全部的情怀

试想没有在高中的图书馆读到一本杂志
我可能平庸地生活到现在
如幼稚的童年

然而,我遭遇了你阴影的笼罩
在少年的岁月
一切未知、热情,潮水般打开

我梦到牧马的人,或者德令哈
雨水温柔
在麦子收割之前

深夜的一簇光关闭
我彻底怀念忧伤的你
只有你,别无他人
海子,我的瘦哥哥!

2014-3-26

一场暴雨在凌晨没有如约而至

国庆节的凌晨
一个南方城市
与我无关
甚至无关痛痒

天气预报说暴雨要来
然而
等到凌晨一点
暴雨并没有如约而至

刚刚听了一首歌
歌里说
昨日如梦似流星划过
大地沉寂就这样吧

一切安好
有什么意义
不在暴风雨中飞翔
活着还有什么意义

隔壁的年轻人嬉闹
天空依然没有动静
我有些不耐烦
暴雨为何还不到来

坐在窗边的椅子上
思考人生
一个荒诞的举动
再抽支烟

暴雨将至
我等待着
时间回溯过去
我等待着

在凌晨的南方城市
我看到骑着摩托车穿行而过的人们
一些雷声由远及近
我相信

等待一场暴雨是有意义的！

2015-1-4

三 月

又是一年的三月,
又进入一年痛苦的怀旧。

海子如同我多年前患上的疾病,
他从未痊愈过。

这场病,
在孤独的昨日,
是我唯一要命的陪伴。

这场病,
在更加孤独的今日,
是我更加要命的陪伴。

孤独,
是这场病仅有的病根;
他同时也是病,
不能治疗的,有限的,
语言之外不能抵达的,
莫名的忧愁。

海子教会我的,
是诗,是泥土,
是埋葬也要到远方的骨骼,
是那些经年累月复活着的爱情,
是吐着芳香站在山冈上的金黄色的麦子。

是啊,
那些麦地,
那些又瘦又小的麦子,
你打不打火来照,
那永远都不必生长,
同时又疯狂生长的麦子。

吃着麦子长大的诗人,
是大地的儿子,
是仅有的,唯一的,独生的,
儿子。

饮一口酒,
喷在地上,
三月已近尾声,
太原的春天也就过了。

2015-3-22

爱情诗习作

感到浓郁的爱恋
亦如深秋的阳光
珍贵温暖
我愿覆盖你
庇护你的冰冷
那山冈上的黎明
只有我能召唤
那你就来到我的山涧
饮我的小溪
内心甘甜,脸庞滋润
你感受到风
风吹拂树叶
划过流星,划过月亮
一些人,一些羊群
他们上山,我们点火
我亦燃烧,你也燃烧
在星空下相恋
在秋日私语
读这首诗,唱这首歌
两人环绕
结束那光明。

2015-3-23

暴 雨

在变异中寻求暴风雨
又在暴风雨中战栗
椅子搬回原地
一切回归正常

女人带走小孩
男人带走女人
一些变化正在发生
乌云逐渐布满

风筝与风同飞
人们变得紧张
只是一场暴雨
别的不会发生！

2015-4-19

闪 电
——致海子

题记：
在这个疯狂的牢狱世界里有一颗不可摧毁之心的河流，使我们保持暴烈，并使我们保持做地平线上那些蜜蜂的朋友。
——勒内·夏尔

骆一禾在《海子生涯》中写道：我写这篇短论，完全是由海子诗歌的重要性决定的。密茨凯维支在十九世纪的巴黎讲述斯拉夫文学时，谈到拜伦对东欧诗人的启迪时说："他是第一个向我们表明，人不仅要写，还要像自己写的那样去生活。"这用以陈说海子诗歌与海子的关系时，也同样贴切。

人们常说某某是男神，某某是女神，如果在这个世界上，有谁是我心目中的神，排第一位的，只有海子。1989年的今天，海子以最决绝的姿态，拒绝了物欲横流时代的来临。作为安徽农村的儿子，他从未背叛自己的出身与信仰。

高中时期，我尝试写诗，直到半年后在图书馆读到海子的生平和诗歌，尤其是山海关的那段慢行道，才感到被击中。现在回想起来，就是那道闪电，使我从蒙昧的孩提时代醒来，并找到今天的自己。

海子的故事，是那道闪电。直到今日，分分秒秒，那道闪电，时刻惊醒着可能堕入无聊的自己，使自己不敢有丝毫的懈怠，生怕愧对那神，那企图用自己肉身的毁灭换取火种的海子。

所以，海子，对于我此生的意义，远远不止是一位诗歌的领航人那么简单。海子代表了一种"以梦为马"的理想主义，这种理想主义的基本内涵，就是远方虽然一无所有，我们也要做远方忠诚的儿子，而只做现实短暂的情人。

远离现实，建造坚固的精神家园，从而让自己的内心受到保护，以便不屈从于专制、霸权、权贵、金钱等等一切与内心相敌对的势力。从这个意义上讲，海子与摇滚乐，与独立电影、绘画、戏剧等艺术形式的功能是一致的，除了独特的、现代性的、个人化的审美情趣之外，更重要的，是审美之外的一种拒绝的、不妥协的态度。这种态度，就是我一直声称但不容易具体描述的我的理想。

但凡灵魂开窍的人，都知道要从此岸赴彼岸。一生很短暂，赚点小钱，升个小官，养育几个孩子，如此，就能交代自己的话，恐怕有点过分庸浅了。譬如我，今年已经三十三岁，海子的明灯催人奋进，我只能更加严肃地对待自己，争取不辜负这生来就带点自负的人生。

下面是今年为海子写的诗歌，作为永远的纪念和献诗，愿继续鞭笞和激励我们，前行！

一道闪电
在少年时击中我
犹如尼采遇到一匹马
痛哭并且神经

那闪电
是和雷鸣完全不同的事物
他是神的旨意
是我一生中最重要的时刻

那一刻
我领悟生命
从而从容坦率地
去往神指引的光明

曼德尔施塔姆说
黄金在天空舞蹈
命令我歌唱
那黄金就是那闪电

兰波说
我哭,我看见黄金
竟不能一饮
那黄金也是那闪电

所以
我从不敢背叛
那闪电
那是黄金,是我命定的胚胎

我小时候在河里游泳

到现在却依然没有掌握
求生的技能
那只是生活

那么
非要说我热爱什么的话
还得问问那道闪电
他在一九九九年出现

十年前埋下的闪电
十年后把我唤醒
我再也没有睡着过
只有梦,以及壮丽的人生

   2016-3-26

回应一场泗渡

繁星在夜晚隐去
灯火取代孤独
海洋落水
湖泊意重

穿越架空之地
此岸发生质变
我看到书籍言语
它说夜晚是海

披上雨衣
漫步八月之末
怎样泗渡
这年轻氤氲的夜晚

凝视此刻安眠
等待太阳晒黑更深的未来

2016-8-27

冬天的马

在太原的冬天
除了寒冷以外
还有一些别的气息
比如你可能看到一匹马
贯穿遥远的街道

我并不确定
和马有关的梦想
也不能确定
骑马的人他自己的梦想
我唯一能确定的是：

一匹马走过寒冬
　步履缓慢
它回头看看那都市
叹一口气
继续往它的田地里走去！

2016-11-29

小 武

少年的时候
我看过一部电影
讲一个小偷的故事
他漫不经心地偷
也诚心诚意地爱

那个年代
警察与舞女
都和现在不一样
警察认识小偷
舞女也有爱情

那个县城
和我的一样
只不过我的故乡没有火车站
小时候
我在寒冷的广场
能感受到刺骨的风

我看到人群的屋顶

那些喝酒的人们
一些简单沉寂的夜晚
他们会说
梁小武，过来喝杯酒

2016-12-4

深夜写作

深夜适合写作
写出生、成长和死亡

写出生的时候
正好有人出生
他的妈妈梦到
一条飞驰的鱼
和我妈妈梦到的
应该不一样

写成长的时候
正好有人成长
他们按着喇叭
穿越闹市
我正在打量过去
我的勇气可嘉
正和过去有关

写死亡的时候
正好有人死亡

死亡乃是最悲伤的文字
无论你讲述什么
没人会听你唠叨
那时我正在灵魂出窍
坐在天上看到人间

    2016-12-4

语言奔跑

在某本书的内页
写着一句话
它常常在夜晚到来时出现
或者说
有一些语言
只有晚上才会醒来
它们跳舞唱歌转圈
打着灯笼
做着游戏

这些语言的同胞
只有你我发生故事
它们纷纷扬扬
才会落入书中

一本夜晚亮着的书
是寂静最好的守护人
它用过去讲述现在
而我们
却在用现在重复过去

2016-12-9

未完待续

——写给三十三岁的我

我生于 1983 年
那一年
父亲是县城里的干部
母亲是工厂的女工
他们经人介绍
或许早已相互认识
母亲执意嫁给学校毕业的父亲
一桩朴素的婚姻

在封闭而幼小的年纪
我喜欢读书
爱好三毛胜过托尔斯泰
我听星星点灯
也听一切都是天意
一切都是命运
终究已注定

逐渐长大的光阴
似乎就是无聊的箭矢

要放弃一生疲惫
却偏要跌入诗意的门洞
有个声音在呼唤
就像里尔克的天使

十五岁，黄金般的岁月
我被那些宝石点缀的人物笼罩
他们告诉我
生命就是诗
人类种族的触角
那也是德令哈清澈的雨水中
一场无畏的烈火
他摧毁年轻的我

十八年后
我还会文质彬彬
坐在大营盘的肥肠面馆
喝着汾酒
沉默着聊天
我知晓一个又一个少年循环
并不曾衰老

那么
这就是三十三岁生日的故事
他未完待续

2016-12-15

冬 至

风吹过
原野异常
道路上结冰
树木发芽
隔过玻璃感受寒冬
生命蜷缩
季节动荡
有人想抓住这风
有人想渡过街道
我想把冰戴在头上
从冬至一直到冬至

2016-12-21

有一张面目可憎的脸

昨天夜里
有一张脸
萦绕在我梦中
挥之不去

这张脸非常熟悉
从小陪伴着我
从年幼无知
到长大成人

我害怕染上
人类共同的疾病
痛苦绝望
难以终老

我知道
这张脸就是
我那张
不再年轻的面容

它变得圆润
犹如轨道上
无人驾驶的
高速列车

如果永远只
行驶在同一条
来回往复的路上
路还有什么意义

今晚入梦
这张脸还会不会再来?

2016-12-22

平安夜

万物沉寂的时刻
一夜之间
被唤醒
然后去欢乐
这种伤害
是鱼在地平线上舞蹈
鸟却在天空放肆游走
它们从来不是一路货色
谁也不可能知晓
对方本来的意义

2016-12-24

冬

光阴之下
永无他物
唯有孤独
令我白头

扯过黎明
背向太阳
月上之前
令我生长

生命如歌
行进似水
流年往复
令我欢愉

悲喜如我
正是今冬！

2017-1-15

想起西藏

最近总是
无端想起西藏
就像以前
哪儿也不能想起

迈上高原的时候
我坚信不疑
身体不可能
留下西藏的气息

直到离开
离开西藏
却整日不能拒绝
西藏赋予的情义

我想西藏就是永恒
而我只配在思念中老去一生

2017-1-17

尘 埃

那些沾染尘埃的人
终日驰车
漫不经心

然而,我却不要这样的酒
我只要落叶知秋
要春梦无痕
要冬雨绵延
要夏日微风
要腊月乡愁
他们各自转述季节的悲伤

风月停顿的时刻
乃是万里尘埃
既然不见咸阳
那么就
各表其意
换取轮回无常

饮一口高粱好酒

赶制北方过年衣裳
行路的人
愿你岁月不居
时节如流
一场好梦

2017-1-20

过 年

年味已浓
过夕阳
暂别旷日累月

看着熙攘往来的人群
面露欢笑
在云朵下面展示美好
一种微小的幸福

赶路的人
最后再表演一次
就能摘下果实
品尝甘甜

管不了太多的世界
只治愈一年的辛劳
用今日饮醉芳华
拒斥明天的来临

2017-1-21

我在迷茫的夜色中穿越火焰

撞在人间的墙上
我饮下故乡的盐
张望后山寂寞的丛林
灰暗的黎明在爆炸前统治无知

男人背弓在冬日远赴少女之约
高空中汲取夜色满满
散落四方把铅华洗净
无尽悲伤蔓延

在乡下天空
倒映过往繁星
偶遇摘取命运的人们
目光如电忧愁上身

被雨淋湿的木头不能成熟
我在迷茫的夜色中穿越火焰

2017-1-22

昨日重现

人们疲倦而兴奋
期待节日来临
我在夜幕低垂的城市
听一个辛酸故事

是啊
许多人还那么难过
谈笑可以
风生却不行

我想起昨日
星空万盏
假如没有光明
到底还在追求什么

为那些诚实的人干杯
在这个不堪一击的世界上

2017-1-23

旅　途

一场旅途一场梦
你穿越失控的时间
往他乡复行

我守在故乡
用一张网
踏遍青山未老

远行与回归
都是北方游子
寒风中出生的人

在明日张灯前
开启泉水叮咚
报以美好的良宵

愿你爱这座城池
更爱逝去的黎明

2017-1-26

除 夕

灯火通明之时
愈加孤独
打一把宝剑去喝酒
喝酒时杯子中坐着未来的自己

面对空荡的过去
羞愧难当
眼睛放在头上
闪烁无可辩驳的光阴

过去是序章
现在是新岁
升起翻新的太阳
把孤独晒在地上

打一把宝剑饮一壶酒
来年还做梦中人

2017-1-27

活在自己的渴望之中

活在自己的渴望之中
就像流星出没夜空
阳光穿越云朵
树木扎进大地

活在自己的渴望之中
不能遗忘时光
不能拒绝凌霄
不能丢弃梦境

活在自己的渴望之中
枝蔓有序生长
山河逐渐复苏
女人洗涤未来

活在自己的渴望之中
张口要一场春梦

2017-1-28

一 月

一月是纯洁的月份
还不曾看到二月
刚刚开始成长
一切都还是混沌的样子

我在一月投下赌注
购买一年翻倍的收成
希望像孩子一般
信守自己善意的谎言

我为自己宣示孤独
假借一月的名义
人们在最初选择离弃
便不会追究命运的责任

我还是喜欢这个月份
可以静静安排后来的人间

2017-1-30

废墟的北张

北张已经成为一片废墟
它用多年的忧愁告诉我
我再也不能怀抱这座
唯一的村庄

我年少时在北张
留下了抒情和歌唱
西街路西十八号
正是一生中的片刻安宁

悄悄生长的青春
那时患了忧郁症
北张就是催化的药剂
我只想死在那里

可惜北张不再有
我再也无处可去

2017-1-31

北张的离别

我想说的是北张
用十五年的孤独
描述一个闯入者
毕生的光景

那个阳台
只身望到下午
一望无际
垃圾堆上炽烈的太阳

他们高谈阔论
黑夜从大地上升起
遮住了光明的天空
骑走了音乐带走了马

离别是最苦涩的酒
那倒塌的废墟
扎在年幼的旷野
庄稼永无他物

那些诚实的人
婀娜多姿的人
吉他上哭泣的男人
上帝保佑他们

唯有一个愿望
是此生此夜
临别的赠言
是黎明不能到来的祈求

少年狂笑着活下去
把世界弄碎
挤出水
嘲笑彼此的三十年

北张啊
湖水般亲密无间的爱人
我如何渡过你
淹没无聊的余生

2017-2-1

立春之前

零下五度的北方
春天在节气中来临
我没有感受这剧烈的变迁
季节轮回是平常的往昔

我只看到节日的完成
就像完成一场游戏
喝酒开始
又喝酒结束

岁月是永逝的植物
你在水中捉月
他在水中着盐
不同的是飞翔而过的方式

对面走来光亮如新的昨日
我用他换取黯淡无光的明天

2017-2-2

希 望

今年冬天
河水没有上冻
空气都是焦硫的味道
人们向往春天

今天立春
预示着花要开
树木要葱茏
一切都会如愿以偿

于是希望在此时诞生
开始刷洗疲惫的四周
幻想一年好的收成
摘下刚刚挂起的灯笼

我知道希望只是闪电一样的东西
但有时还可以烧灼内心

2017-2-3

活在这凋敝的人间

二月是光辉的月份
我看到鸭子和鸳鸯
在解冻的汾河上游走
它们安之若素

我在岸边经过
思考生活的安排
春天给了情义
并未鼓起冒失的勇气

我想总归是要领取热情
放弃滚烫的孤独
与繁星一起
怀抱明亮的夜晚

静默哀伤冬季的离别
在春天出发做一个好人

2017-2-5

北方的盐

春天适合饮盐
北方大块的盐
盐分养育拉磨的驴
村边的屋旁青草发芽

跌跌撞撞的街道
二十只羊群占据
牧羊的男人吹起忽哨
白云降低蓝天涌现

我也是北方的男人
饮盐长大的男人
今天我要一场爱情
取一朵花去送给出嫁的人

我只要天空走出新娘
管她唱着怎样的孤独

2017-2-14

我和你

爱情已过
恋爱的季节已过
人们回到生活
烧火做饭

我的面目需要更新
历史需要重演
井水需要汲出
我要用它睡眠

在勤劳的人间
我把苦难放在身上
有你苍凉
也有我茫茫

今日山河破碎
我和你收拾过一生

2017-2-15

一场过往烟云的表达

春天转眼回到冬日
到桥头看望河水
清醒如常逝的悲伤
我们不可能被遗忘

还有遗弃的风筝
你把自己收紧
我则选择放开
那就是飞翔

这世界上唯一的宿命
如果没有永恒
今年一样是孤独
难过的光阴

我使出未来
只得到一场过去

2017-2-24

孤 独

有时候
我会害怕孤独
就像孤独也会害怕我
穿越记忆时突然停下脚步

我其实喜欢孤独
他一直陪伴冒险生活的我
使那俗世的洪流
不能淹没人生存在的小舟

我热爱孤独无处藏身
随时随地显现高贵的身影
多少人想把孤独披在身上
多少人更想把孤独拒之门外

我只是孤独座前虔诚的香客
一路叩头只为错过毕生的孤独

2017-3-11

在桥下突然想起当年

我从桥下走过
椅子有些变化
和过去不同
河边的少女也有些变化

我曾在打印纸上写下
长长的信
曾在这个地方
听一支英伦乐队唱歌

当时我还年少
乘坐公交往来于南北
每当夜幕低垂
我总是在桥下点燃香烟

我怀念那些远去的时光
他们并不曾消逝
我的头发短了许多
太阳短了许多

从桥下经过一些人
椅子上坐着下棋的人
河水流淌从未改变
我也从未改变

  2017-3-12

三 月

诗人们都知道
三月是悲伤的月份
月份里住着悲伤的王子
王子在世纪的门前
敲碎午夜的阳光

从此是深深的黑夜
另一种金黄色的孤独
失败了人类
走向死亡
麦子和农业无处可去

我们也无处可去
靠回忆度日
这哪里是生活
失魂的惹人厌烦的情分
干涸了血液

所以我呼唤
呼唤黎明

那养育我的奶水般的
黎明
三月的抒情诗一样的
黎明
你叫我来临
我就来了!

2017-3-13

什么是诗人

诗人有几种
有些人昏睡着写下痛苦不堪的诗
有些人清醒着写下模糊不清的诗
诗人不是哲学家
诗人只是速度
是盗取火焰的人
是摘取命运的人
他们前后矛盾
似分裂的万物

说到底
诗人是遥远时空
陌生的访客
敲门全是上帝的旨意

2017-3-18

盘 古

朋克是少年心气
在中国
朋克则是无业少年
闪现一群眼睛
火红发卡的动物
饮醉若游民
在黑暗的街头冲锋

我曾知道
上街是要战斗
而不是撒尿

2017-3-19

在潮湿的南方

有些事情
在一生的过去
无法预见
我在潮湿的南方
饮醉热情
我知道那意味着什么

人生是奇妙的汹涌
望海如同望故乡
我是明月照耀的孩子
揣测平面的星辰
那不过是多年前
深藏的夜晚

是啊
这是夜晚
夜晚的南方
夜晚是孤独
南方也是
他是一场响亮的重逢

2017-3-24

远方有我的寂静

过了昨日
山冈长出花朵
河滩恢复水流
诗人吃掉日常

他告诉所有的嘴
日常就是死亡
爱情就是死亡
我们就是死亡

穿过悲壮的三月
截取一场梦境
诗人复活于此
敲碎明天

借雨水与春天
熬粥送给穷人

2017-3-27

假 设

假设河水不会一直流淌
四季的春天不会更迭如常
人们预料的那些未来
也不过是过期的光阴

那么
衰老也就是假象
我打出生就在河流里逝去
冲洗的是另外的身份

那些人站在台上
表演应该表演的
另一些人宅在家里
发泄应该发泄的

春天真是粗鲁的季节啊
如此强烈地催熟了命运的性感

2017-4-3

变 革

风在改变
从南方到北方
我们守在破旧的乡下
等待一场好天气

山间可以用来呼喊
用来听到自己的回声
可以看到溪水长流
看到命运的轮回长流

一代人碾压前面一代人
人类残忍而无情
谁会注视星月的更替
就会在车轮前袖手旁观

身处破裂的春天
一个三月抒情却无法抗拒的时代
我还是纵身一跃
用耳光抽打愤怒吧

2017-4-4

一位青年偶像的忌日

他吞下子弹的时候
得意地望着过去
一位青年偶像
从不在乎明天

他唱的时候
我看到扫地的人在摇摆
一位青年偶像
嘲弄的就是明天

他安静的时候
伪装成不插电的英雄
他说姑娘
昨夜你在哪里入睡

许多年来许多人
包括我的表弟
他们扫弦的时候
神情像极了这位青年偶像

2017-4-5

命 运

有胆量离开的人
都是不知命运的人
命运是路边先生嘴里
胡言乱语的终点

我的命运是稻草一样的东西
疾风吹过
挺拔在大地的中央
望着是茫茫的站立

但稻草的命运
不过是点燃
烧火做饭
再无别的含义

有时候命运就是烧尽的灰
像一场春梦了无痕

2017-4-6

我的城市

广场上穿行陌生人
远道而来的人
他们打量我熟悉的城市
眼神中透露着呆板

这座城市融解我所经历的
新世纪的全部
以至于我也被他俘获
放弃前半生紧随这荒诞的经常

那些广场上陌生而来的人
知道我为他们准备的
是不解与祝福
我情愿如此埋葬世俗的我

我与这座城池相邻已久
但其实我一生也从未踏入

2017-4-7

经 验

在雨后的高速公路狂奔
逐渐远离结束的季节
雪在春天出现的时候
代表了反常与推翻

我从经验中出生
在经验中成熟
又一成不变地
掌握了世界的规则

然而正是玩笑般
透明的春天
教给我背对着沉默
更没有远方

我已经忘记如何上升
兴许只是不知晓的坠落

2017-4-9

虚无与平凡[①]

虚无是人生的镜子
许多时候
我们要进去里面
求取荒诞的果实

当明日落满黄花
我们感慨平凡
像不可呼吸的陆地
徒留颤抖与慌乱

我明白战斗的意义
就是拒绝把脸埋进尘埃
拒绝跳下人间烟火
拒绝妥协于每一寸没落

我穿上鞋子在夜晚行走
并不会把理想背在身上

2017-4-11

[①] 今日是王小波逝世20周年,他曾在《沉默的大多数》中说:我总觉得,我这一生绝不会向虚无投降。我会一直战斗到死。

没 落

现实在粥中腐败
像乌鱼蛋汤
前面果实掉落
失去芬芳

所有的酒留下哀伤
春日打破静谧
我诞下劫数
桥头排列游戏

傍晚可以出门
看看灯光撒谎
女人的妆容如何
埋藏秘密

街头有古老的把式
我们的幽会无比艰辛

2017-4-14

微光照耀的时候

微光照耀的时候
灵魂出窍而无趣
不了解陌生的自己
在影子之间飘荡

夜晚荒芜
搅动寂静无数
我用渗透的名义
遗忘白昼的沧桑

试图了解自己
适可而止
还是无休无止
疾病笼罩未来

微光照耀的时候
是去飞翔还是死亡

2017-4-15

一 一

生活是一场修行
它可曾让你想起什么
一是最小的数字
我们都在它身体上行走

世间万物
皆只能相遇
相加是本性
相乘才是真理

有人误解命运的名义
以为坐照自观
可以参悟无常
击碎生活的悲哀

我于是抢先一步
告诫未来的自己
从一开始到一结束
去洗白命运的沧澜

2017-4-17

少 年

过往是一场烈火
当左右燃烧
沸点是内脏
烧焦血液凝固四野

把一本书扬到夜空
撕下其中五百五十二页
写上悲伤的诗句
坐下苦难与沉默

炉火不需要鼓舞
我也不需要安慰
夏天步履结实
浇透油亮的季末

生命是寡言的少年
无望衰老的少年

2017-5-2

人 生

我曾在夕阳下沉思
考虑人生的意义
那时桃花刚开
一只蝴蝶恰好飞过

荒凉的夜色中
多喝几杯酒
忘却勋望而来
回到八点一刻

一把火在夏天点燃
照亮水面游弋的人
他们和我一样
用丢失打破平静

我无法面对众生平等
正如无法吞没苦涩的黎明

2017-5-4

奔 跑

奔跑的时候
停滞在门前战栗
在剧痛前哭泣
观望不期而遇的过去

刷上斑马一样的
默不作声的
没有更多荒诞的
日常生活

也许写作是一剂良药
服下悲伤
把自己束缚在春天
不要走进未来

孤独是最佳的绝症
我的朋友

2017-5-5

存 在

在半夜不睡的房间
看一场电影
公交车司机
同时是个诗人

在金斯伯格的故乡
做一个普通人
失去诗意的同时
得到的是空白

空白正是无限
折断翅膀的小鸟
从前我已知晓
飞翔的意义

去像水滴一样生活
永无止境
从不屈服
把石头扔进湖心

一个司机做到的
用故乡怀胎
我却用风
捕捉不停歇的旨意

让命运经过他自己
不必告诫他人
铺上云彩打底的花纹
描述欢乐与苦难

这存在的夏季
黑夜涌现的光明
射入微笑
安静地读出一首诗

    2016-5-7

江 船

夜幕低垂的江上
打捞往日时光
灯火愈来愈辉煌
我却愈来愈黯淡

在南北交错时
人群蜂拥而至
总是在这种时刻
情绪忽冷忽热

我还是望一望故乡
熟悉平常
潮湿的夜色
连尘土都不同

开船的人在船头
北方在船尾

2017-5-14

戏剧的南方

当一场戏剧开幕
除了悲剧以外
剩下的
几乎也还是悲剧

悲伤是喜悦的另一张面孔
我看到目光柔和
欢欣穿越的灵魂
在树下排解光阴

如果世界只有三四天
回忆萧瑟的往昔
生命如此虚度
哪有那么多美好可言

南方的树叶此刻飘摇
我在椅背上琢磨下一场烟雨

2017-5-15

烟雨飘摇

夏天衰弱了几个时辰
雨水并没有来
人们拒绝赴火的把式
迎接颗粒无收

我想吃不饱饭
完全出于心甘情愿
讨论风月
或者是几顿拳脚

这段路跌倒了男人
深夜拜访房间里睡着
卸下妆容的寂静
鸡鸣前必须离开

你知道
太阳是更加虚伪的表演
照看那些平平稳稳的人们
混成雨露均沾

傍晚时分
米店里唱着
三月的烟雨
就让他在歌里飘摇吧

2017-5-16

上海前夜

打嗝声四起的夜晚
我即将离开上海
寻求秘密的长轮
这一切都假以幸福

上海是掉落的城池
生产者逐渐失去心脏
混同期间做个罪人
需要多么巨大的勇气

我爱的是流离转徙的失明
落日前打开渡江的米酒
与苏州河畅饮
忘记辛酸的往事

然而我最爱的还是浮云
众生凋敝也并不消陨
它永远在低沉的天空
反抗季节的召唤

我应该再跳入浴缸

再抽支凤凰

让离开之前迅速枯萎

不带走十里洋场的一丝尘埃

2017-5-16

湖 水

清澈是湖水的品质
火光娇艳而平和
映射一方水土
我在岸边挑选今日

时间是不可靠的果实
春季采摘嫩叶
用饱满的热烈冲刷
过去冰冻三尺的伤痛

我行过千山
渡过大河
手脚干净而无错
眼睛却盲目的像孤星

我从来看不懂世事沧桑
只能远远被湖水掩埋

2017-5-19

乌 镇

在乌镇的小船上
摇摇晃晃
黑暗中的灯火醒目
前方无期也很醒目

渡河不需要小船
但度过黑夜需要
小船里人们的脸色
沉醉在彼此的欢喜中

小船在孤独的河岸上停靠
卸下与河岸一样孤独的我
灌下一杯三白酒
亦卸下多年隐含的心事

乌镇给予永恒的情义
望着河水悄悄忘记这美好的夜晚

2017-5-21

船

乌镇的白天
人们在船上劳作
船与水无关
它是谋生的地方

尘土中长大的人
向往水里的生活
总是哑然在夏天里失笑
嘲讽灰暗的故乡

船只上的人们
和我的老乡一样
在黎明前苏醒
在酒醉后睡眠

我从污泥中舀水
浇灌那运河养育的闺房

2017-5-22

深 夜

深夜适合读书
开头就是结尾
在索多玛梦呓的县城盘旋
汲取绝症

深夜适合回忆
幼年在激烈的幻想中
用此生再不能使用的笔触
写下光明

深夜适合听歌
那必须燃烧成金黄色的麦浪
在青年一脚踢开的大门前
逐渐变老

深夜适合醒着
在黎明到来前支付睡眠的报酬

2017-5-24

夏 日

中午时分
阳光很刺眼
我在简短的路上行走
不能去往河畔

我安静地坐在办公桌旁
期待太阳下去一些
这样我可以泡杯茶
不会感觉夏天太难熬过去

用一些回忆搜罗哲学或是宗教
那些经济学的术语
让我昏昏欲睡
我喜欢毛姆讲述一个虚构的故事

我还想看部电影
不要那些正在上映的片子
我喜欢的是风尘仆仆的往事
孩子们总要长大成人

我还爱那些美丽的女人
夏天是她们的季节
不管为了何人或是自己
都尽情绽放在街巷

索性越过夕阳
盛夏的夕阳不似秋日多情
它们太暴烈
不愿把温柔送我

我最爱还是深夜
就像此刻
寂寞是空洞
孤独却饱满

我不愿许诺光阴
那么多只热无风的夜晚
还没来到
一日并不算晚

    2017-5-27

你好，再见

经过火车站的地下通道时
夕阳正挂在天上
气味杂陈的风吹进车窗
一个个快捷酒店转瞬即逝

这个城市的味道就是这样
一个重工业城市
特有的煤渣和金属味儿
闻起来很感人

高架桥上车来车往
人们习惯在傍晚时分吃饭
喝一点汾酒和啤酒
并且满意地讲低俗的笑话

隔壁响起了钢琴独奏的声音
一个女子抚慰出生的孩子
房间里电风扇摇头不停
我们正艰难地度过夜晚

2017-5-31

在漆黑中寻找疯狂的自己

做一场了无生趣的梦
在儿童的节日
打碎成人世界的虚妄
关掉最后一盏灯

用火柴代替我的灵魂
与无知画上等号
院子里的树木葱茏
我长在夜空的头上

在漆黑中寻找疯狂的自己
等待山河迁移
把杯中剩余的叶片嚼碎后
催眠一座座城池

夜晚是安放悲伤的时节
我在漆黑中寻找疯狂的自己

2017-6-1

六 月

五月已过
麦地里拥抱已过
剩余后半年痛苦的时光
炎热入住此地

六月的阵雨会多起来
街道积水
灌溉贩卖私盐的人
并且打湿他们的鞋子和生意

凉爽的天气越来越少
为了抱怨微不足道的人群
像旱地里瓦解的种子
去移植云朵

当太阳转向炽热的生活
一切都将在夏季融化

2017-6-2

故 乡

在光明与六月之中
做个选择
选择下午
在阴雨时分出门

这比夜晚从容
一个人慢慢腾腾
就着梦想
去喝一杯

牵着马驹过人间
不会太迷途
故意避开城市
回到故乡

故乡有熟悉的土地
长出爱人的头发

2017-6-5

咖啡馆之夜

在那些纷至沓来的夜晚
孤独涌上心头
它让我饱经沧桑
满足地走出家门

从一条街到另一条
车水马龙般睡眠的
是被幻想折磨的人们
他们怀揣着枷锁入睡

我走到熟悉的咖啡馆
灌下一杯美式
夜晚变成美好的模样
鼓励我更加孤独

夜晚从不会让悲哀上演
悲哀却从不把夜色放过

2017-6-15

谁

我想象不出夜晚的颜色
它苍凉而又多情
我在背弃自己的同时
把命运交给悲伤

终其一生还是无法静止
茫茫河水漂泊
我幻想驾船去岛中央
接受一生的检阅

被弄碎的是自己的模样
倒影流淌着
小镇上空余时间无数
我被孤独掏空

如果可以拥抱
我该选择明日还是谁

2017-6-18

一个咖啡馆的下午

雷声大作
暴雨将至
街头的人们加快脚步
躲避滚落的烦闷

夏日的咖啡馆凉快
我是一个格格不入的人
不喜欢谈论无聊的话题
我只是在等待友人

生活在一座熟悉的城市
不远处就是那些老朋友
傍晚时分聚在一起
把太阳熄灭

我点燃烟雨飘摇的房子
用火光来逃避昨天

2017-6-19

我知道这是命运

我爱那些失落的物体
从高处坠下之后
连尸体都寻找不到
而生活还要继续
我知道这是命运

我爱那些破碎的轮胎
从废旧的车上拆下
它们可以燃烧
却冷静出奇
我知道这是命运

我爱那些街道中间的树木
它们来自林场或是公园
在城市中玩笑般栽种
忍受落日一样的孤独
我知道这是命运

我爱自己温柔地围坐在
冬日的火炉旁取暖

夜晚回到房间
急促地假笑两声
我知道这是命运

我爱在暴雨中参与风声
昏暗的寂静中疯狂舞蹈
把孤独揣在裤袋里
台灯下写作
我知道这是命运

命运不会呼叫着来
他是个凄凉的朋友
我知道背影要像远行
而它正在来临
我知道这是命运

   2017-6-20

意 义

当你一贫如洗
躲在寂寞的巷口
人生的意义如树叶般飘落
你是否曾怀疑世界

当我们行走路上
并未感到虚伪与无聊
相反而来
大雨会在傍晚突然而至

当地面的果实成熟
花瓣可餐
如果在光明与堕落中做出选择
会不渝还是落寞

我知道人必须有所信仰
心脏就是跳动的烈酒
在黎明大门前
静谧又宿醉

假设人生的意义在昨日

我已经度过

假设明天安静地来临

我就重新开始一生的错误

    2016-6-23

流行歌手

王一样的流行歌手
一个男人
每每想起他
是电影阿飞正传

歌手唱着情歌
得不到女人的爱
女人爱的不是情歌
爱的是不屑一顾

女人爱那些落寞的英雄
越落寞越爱
女人以为灵魂的抚慰
可以换取爱情

好在爱情只是个玩笑
认真就会输掉
那个台上的流行歌手
电影里他驾车在雨夜求醉

我总是想起没有脚的鸟
歌手攀窗而入
如同今晚舞台上的表演
让人心怀敬意

小时候
在成为摇滚青年之前
我也喜欢歌手的那些歌
歌声教给我爱情

这一生中
无论是好是坏
那些玩笑般的爱情
我输掉自己就可以

歌手谢幕时
抓起一把气球
马戏团轰鸣
歌手眼泪掉了下来

2016-6-25

旅　程

渐渐地
远方只是一个旅程
甚至只是一个目的
我去去就回来

车窗外是隧道
黑暗如漆
我没有困意
人生活在累赘之中

我要去往哪里
和吃饭一般平常的事情
却耗费半生的精力
我开始懊恼自己的决定

火车继续开着
我却越来越失落
车厢里的旅客各怀心事
大家都在赶往何方

想起去年高原赋予我的情义
那冰凉河水洗涤的情义
人世间所有的羽毛
不敌圣山一日的光芒

回到腐烂的现实
我把身体归还大地
仿佛昨日再不能相见
就只留在未来吧

2017-6-29

六月的最后一天

火车行着
低矮的平房路过
湖泊路过

弯腰的普通人
收割疲倦
在落日前睡着

该流放的人
把命运抱在身上
不肯放手

老妇人快步下车
她因为坐错车而慌张
但那趟车早已开走

这就是六月的最后一天
与往常一样
不会有悲剧发生

2017-6-30

生 活

让时间停滞
羽翼丰满
慢慢地妥协于
门外的闲人

把生活搞得干脆一点
不拖泥带水
拒绝摆弄手头的琐事
随意打发工作

傍晚时分不考虑别的
在灯光亮起来以后
点几个故旧的菜
再加瓶啤酒

让衰老的人继续生活
日了白会长出翅膀

2017-7-4

飞机与雨

下班回家的时候
飞机恰好从头顶飞过
这个时候
雨也恰好落了下来

来到费力的人间
那些昂首扩胸的
男人或者女人
睡觉前常常后悔昨日

如何才能短暂离开
又长久所在
相当于在滑落的时间上
寻找成熟与死亡

晚一点的时候雨停了
飞机再次飞过天空

2017-7-5

陶 醉

取一瓢水去灌溉
路边枯萎的花朵
它们被来往的人群抛弃
掉入风中

我喜爱这些慌张的面孔
生活像是一副重担
打碎明日的酒
压榨明月与无辜

汾河岸边一些人在游泳
在拘谨的小池子里
晒落日的余晖
假装曾经爱过这座城市

我也是这些人中的一员
也曾真心陶醉其中

2017-7-7

秘 密

卡瓦菲斯、佩索阿、卡夫卡
许多人
热爱另一个自己
一个完全真实的自己

人是个复杂的玩意儿
在分裂中寻找结论
反而比全身投入
要好得多

所以我爱的
也是另一个自己
一个不需要多数人
知晓的秘密

我保守这个秘密
只对少数人开放

2017-7-8

厌 恶

深夜回到冒失的灵魂
一身酒气之外
别无他物
无人原谅这堕落

我痛恨一种相思
噼噼啪啪下个不停的雨
我不能呼唤夜空
攒聚额外的太阳

彩虹上次在瀑布　出现
那时我只是好奇
今夜我想起那个下午
身上的汗水雨滴般散去

我究竟如何交代此身的罪恶
一身疲惫难以扭曲的正义

2017-7-16

夜　晚

每个盛夏的夜晚
谋杀完美的夜晚
不剩芬芳与虫鸣
赶跑旅途劳顿的人们

哀伤透顶的夜晚
佯装一次暴动的夜晚
荒芜的年份喝免费的啤酒
在睡觉前客串陌生人

我敲命运之门
他让我们等待
等待中烧起火来
照亮这无人的夜晚

我晓得夜晚是魔鬼的节日
游行中有人哭泣并举着玫瑰

2017-7-17

村 庄

在汗流浃背的午后
身处旁若无人的境地
撒网去打捞命运
你能看到
一群鸟飞过村庄
居所坍塌
拆迁的气味与村民相投
满目荒凉的暮色

我站在故旧的土堆
回望东方
无人叹息时代的敷衍
直到房顶淹没

走一条以前的路
才能走到天明

2017-7-19

夜晚三点的太阳

怎样从庸常的生活中
找到乐趣
好比在夜晚三点钟
从高耸的山峰间
看看太阳

隔壁也有同样的人
同样要在夜晚三点钟
起床去看太阳
那时云朵正盛
我只能伏在窗前
想象一场光明

昨日是卷走的落叶
所有的欢喜
都在清扫空荡后才发生
那时我们穿越晚宴
紧紧结合在门前

2017-7-22

命 运

少年经过桥下时
雨刚停了下来
那时在台北
也有同样的雨
绵绵不绝
少年骑着摩托车
后面是心爱的
女人

他们偷盗光阴
成年人控制的
随处堆放却
不属于任何人的
成捆的光阴
我们把它
称之为命运

在同样的年代
做一个普通人
夜晚三点

睡得正香
这正是我厌恶的
生活本质

我需要的
是暴动
撞击一堵墙壁
让它崩塌
这也是命运

  2017-7-23

等 待

等待是漆黑夜空中
伸手不见的五指

年少时等待成熟
年长后却哀伤

独身时等待爱情
结婚后却烦闷

贫穷时等待富足
饱餐后却懊恼

阴影中触摸空气的手
正是命运的背面

那光射出的地方
女儿们从海上归来

2017-7-26

《大西洋帝国》

曲终人散
万物归于寂静
该把出生还给死亡
让枯木逢春

一生要奔跑多少路程
才能安眠于大地
享用谴责
在正午时分忘记诺言

他把自己遗忘
只是为了亲吻一匹马
为了上演周而复始的
一个诚挚的笑话

纵然是毁灭本身
也值得再毁灭一次

2017-7-28

七月末

七月要结束的
最后一天
三本旧书从远处购回
曾引领我望尽天涯
看穿整个世界

我是一个熟悉的少年
在诗歌中熟悉
在电影中熟悉
熟悉烟熏火燎的北张
风雨中泥泞
脱鞋行走的村庄

记忆是深邃的蜡烛
有人点燃
有人熄火
毋庸置疑的欲望之网
撕破它
用尽整个七月

2017-7-31